Ladridos en el infinito

A los Hinojosa y sus fascinantes combinaciones:
Hinojosa-Hinojosa, Hinojosa-Meza,
Hinojosa-Medina e Hinojosa-Huesca.
Sin ellos, la vida en este planeta sería terrible.
Para Irina, mi nueva amiga rusa.

Dirección editorial: Antonio Moreno Paniagua
Gerencia editorial: Wilebaldo Nava Reyes
Coordinación de la colección: Karen Coeman
Cuidado de la edición: Pilar Armida y Obsidiana Granados
Coordinación de diseño: Humberto Ayala Santiago
Supervisión de arte: Alejandro Torres
Diseño de portada: Gil G. Reyes
Formación: Zapfiro Design

Ladridos en el infinito

Primera edición: marzo de 2008
D.R. © 2008, Ediciones Castillo, S.A. de C.V.
Av. Insurgentes Sur 1886, Col. Florida,
C.P. 01030, México, D.F.

Ediciones Castillo forma parte
del Grupo Macmillan

www.grupomacmillan.com
www.edicionescastillo.com
info@edicionescastillo.com
Lada sin costo: 01 800 536-1777

Miembro de la Cámara Nacional
de la Industria Editorial Mexicana.
Registro núm. 3304

ISBN: 978-970-20-0978-8

Vivian Mansour Manzur
Ilustraciones de Darío Lucio

Ladridos en el infinito

1
Las calles de Moscú

¡Qué bien huelen las calles de Moscú! En invierno, el frío tiene aroma a mármol y leche escarchada, a cebo y a chocolate; en el verano, huele a polen mezclado con el olor ácido de las hormigas; cuando aterriza el otoño, nada me gusta más que el perfume crujiente y polvoriento de las hojas secas para aplastarlas con mis patas, que todos los días tienen prisa. Y es que los perros siempre tenemos prisa. Prisa por oler y caminar; prisa por hacer amigos y prisa por huir de los que no lo son tanto. ¿Qué sería de la vida sin los amigos? Y hablando de ellos, ahí, junto a la carnicería, Albina me esperaba. Lengua flexible, pelo blanco, ojos que, de tan claros, casi parecen ciegos. Pero Albina es todo menos cegatona: al primer vistazo, sabe detectar un pedazo de pan tirado en el asfalto y lo pepena de un largo lengüetazo como si fuera un camaleón. Pero también es generosa, y cuando yo no encuentro comida, me comparte alguno de sus suculentos hallazgos.

Un día, trotamos juntas rumbo al parque para dormir una siestecita. Buscamos un poco de sol, y ahí nos echamos, sintiendo en la panza una sabrosa tibieza.

Después de dormir un par de horas, Albina abrió los ojos, estiró cada músculo como si fuera independiente y bebió agua de la fuente cuchareando la lengua.

—No vamos a vernos por algunos días —me informó mi amiga.

—¿Por qué?

—Tengo asuntos que resolver en el vecindario de al lado.

No me gustó que Albina no fuera más explícita. Se veía que tenía un secreto y que no quería compartirlo conmigo. Además,

el asunto me inquietaba, pues en ese vecindario vivían nuestros archienemigos, una banda de perros presumidísimos con cierto pedigrí, con quienes habíamos tenido muchos enfrentamientos.

—¿Quieres que te acompañe? —me atreví a preguntarle, para calarla un poco.

Ella me miró extrañada y respondió categóricamente que no, que de ninguna manera.

¿Qué diablos iba a hacer Albina con esa bola de presumidos, hueleaxilas, que siempre caminaban con el hocico hacia el cielo? La duda me carcomía como las pulgas, pero no había rascadura que tranquilizara ese picor. Entonces lo decidí: iba a seguir a Albina. Sabía que no era correcto, pero yo quería saborear ese secreto como quien añora chupar el tuétano más sabroso de un hueso de carnero.

La noche siguiente, me levanté para seguir a Albina. Sabía que dormía en una calle cercana, cubierta con una cobija raída que escondía hábilmente debajo de un coche. Me oculté en el recibidor techado de un edificio para poder observarla mejor.

Cuando el reloj de la plaza marcó las 11 en punto, Albina se levantó como impulsada por un resorte y se dirigió al vecindario de al lado. Con sólo acercarme unos metros al indeseable lugar, mi olfato se llenó con los aromas de cada uno de los presumidos perros que ahí vivían: identifiqué, de inmediato, a la Husky Siberiana, tuerta y casi inválida por la edad, que se daba aires de gran viajera. Había viajado una sola vez fuera de Moscú, pero sentía que le había dado la vuelta al mundo. Según ella, sabía todo, había visto todo y cualquier cosa que se le platicara jamás sería una novedad para sus experimentadas orejas.

Otra que competía en pedantería con la Husky era una French Poodle, un cachorro de rizos perfectos y de una cursilería fuera de serie. Le gustaba beberse el agua de colonia de sus amos. Se notaba porque la sudaba por cada poro de su cuerpo y las emanaciones llegaban hasta mi sensitiva nariz. Además, era asidua a las revistas del corazón. Siempre daba suspiritos y hablaba con frases como: "Nunca cambies", "Te quiero chorros", "Gracias mil" y "Eres lo máximo". El fin de semana, sus amos la peinaban con trencitas y le colocaban un moño rosa en cada oreja. Jamás había tenido que ganarse el pan con el sudor de su frente, como nosotros, los perros callejeros.

Preocupada, seguí la ruta de Albina. Afortunadamente, pasó de largo por las casas de dichos caniches. Mi amiga siguió trotando hasta que se detuvo en una casona tipo imperio que yo no conocía.

Ladró dos veces, como dando una señal. Olisqueé el aire para intentar descifrar qué raza saldría por la puerta. Lo más insólito es que ningún aroma se introdujo en mis fosas nasales.

El portón de metal gris se abrió para dejar salir al perro más extraño que yo hubiera visto: era alto, altísimo, y la curva de su espalda era muy pronunciada. Tenía el pelo semirrizado y la cara larga, como de zorro. Saludó a mi amiga con un breve ladrido y salió como bólido. Albina se quedó un tanto desconcertada e intentó alcanzarlo, pero no pudo. Quedó jadeante y con la lengua de fuera, que ondeaba como una bandera derrotada. El galán pareció darse cuenta de su descortesía, porque dio

un viraje súbito en su loca carrera para regresar hasta donde ella estaba. A mi amiga se le iluminó la mirada al verlo.

Entendí que Albina se había enamorado de ese perro, más parecido a una flecha que a un animal, y que yo no tenía por qué intervenir. Regresé con el ánimo decaído hasta la calle donde solía vagabundear en mis noches de insomnio.

Después de tres días, Albina reapareció en el barrio. Se veía feliz, como si se hubiera zampado 12 gatos con limón. Yo ya sabía lo que iba a decirme:

—Estoy enamorada.

—¿Ah, sí? —fingí demencia.

—Es maravilloso: guapo, elegante, divertido e independiente. Tienes que conocerlo. A él y a sus amigos.

Cuando vio que mi cara sólo reflejaba indiferencia, agregó:

—Sí, ya sé que no te gusta mucho ese barrio ni sus habitantes, pero ahora que los he tratado más, puedo decirte que estábamos equivocadas. Son perros de mucha alcurnia y gran corazón. Tienes que darles el beneficio de la duda.

Duda era justamente lo que yo tenía, pero Albina se escuchaba tan convencida...

—¿Y de qué raza es tu maravilloso compañero?

—Es un Borzoi, se llama Wolpi, pero todos le dicen el Zar.

"¿Y con ese apodo ella cree que no es presumido?", pensé para mis adentros.

—¿Y quiénes son sus amigos?

—Acuérdate, ya los conoces: son la French y la Husky. No frunzas la nariz. Oye, no me gusta que orines mientras te estoy hablando. Déjame decirte que nos invitan mañana a una tardeada en el parque para darnos la bienvenida oficial a su club de amigos selectos. Pero, ¿qué te pasa? ¿Por qué estás vomitando? ¿Te cayó mal el desayuno?

—No, me cayó mal la idea —contesté.

2
La captura

Yo no quería ir, por supuesto, pero tenía una cuenta pendiente con Albina.

Ella no sabía que la había seguido y eso me llenaba de remordimiento. Así que acepté para lavar mi culpa.

Tuve que bañarme cuidadosamente en la fuente municipal y masticar algunas hojas de col cruda para limpiar mis dientes y refrescar mi aliento.

Albina, por su parte, se acicaló con un poco de cal que encontró cerca de una construcción. Mi amiga quedó aún más blanca, y ningún lunar se asomaba ya entre su pelaje.

Lo único bueno de la noche era la gran luna llena que iluminaba Moscú.

Siempre pensé que la luna llena era de buena suerte, aunque yo estaba consciente de que, a veces, afectaba el ánimo de los seres vivos.

Me gustaba mirarla y ladrarle un poco, como si mis ladridos pudieran chocar contra su refulgente superficie y caer, de nueva cuenta, sobre todos los habitantes de la Tierra en forma de luciérnagas.

Al llegar al vecindario, todos los mastines nos dieron la bienvenida con un concierto de aullidos.

—¡Qué gusto que hayan venido! Mi casa es su casa, o mejor dicho: mi perrera es su perrera —ladró la French, quien de inmediato nos ofreció unas vasijas llenas de una bebida dulzona decorada con una flor rosa.

—¿La flor también se come? —pregunté, admitiendo en silencio que el brebaje no sabía nada mal.

—No —contestó la French con su voz chillona—, pero esto sí —y nos mostró un rincón lleno de suculentos huesos y chuletones.

¡Mmmm! Ya me estaba gustando la compañía de estos canes tan considerados.

Un perro Salchicha nos mostró su habilidad para cavar hoyos en tiempo récord, lo cual provocó una oleada de ladridos entusiasmados.

Después, y para regocijo de la audiencia, una banda de perros Bóxer persiguió a un gato.

Al término de los actos, un San Bernardo dio por inaugurado el baile en nuestro honor.

Me incorporé a los danzantes, pero Albina no se estaba divirtiendo tanto como yo: a cada rato volteaba hacia la casa donde vivía Wolpi, que no aparecía por ningún lado.

En lugar del afamado Zar, apareció por un callejón un grupo de tres personas que se aproximaron a nuestra fiesta.

Se trataba de seres humanos, de edad mediana y aspecto inofensivo, pero cuando comenzaron a observarnos de manera extraña, con la mirada muy fija, se desencadenó el pánico:

—¡Son los de la perrera municipal! —gritó, histérica, la French.

Todos mis congéneres huyeron desenfrenadamente. Yo no estaba tan segura de que fueran los de la perrera, porque no portaban su característico uniforme, sino que iban vestidos de manera diferente.

Sin embargo, la French parecía estar en lo cierto, porque los hombres empezaron a seleccionar perros y, para nuestra desgracia, eligieron a los de raza indefinida.

A la French, al Salchicha y a los demás sólo les echaron una ojeada, pero en cuanto uno de los hombres nos vio a Albina y a mí, nos amarró con unas correas sin darnos tiempo de defendernos.

En ese momento, apareció Wolpi, corriendo a su velocidad increíble. El perro entendió de inmediato la gravedad de la situación, porque se acercó valientemente a donde nos encontrábamos amarradas, asustadísimas por los humanos.

—¡No te arriesgues! —gritó Albina, desconsolada.

Sin escucharla, Wolpi se abalanzó contra ellos, pero lo dejaron fuera de la jugada de una sola patada.

Los de la perrera también atraparon a otro can de aspecto callejero, que se encontraba hurgando la basura y que no formaba parte de la selecta fiesta.

Los hombres nos metieron cuidadosamente a una pequeña camioneta, que arrancó enseguida, dejando atrás la celebración, a sus invitados y a Wolpi, que nos decía adiós lloroso e impotente.

En el interior de la camioneta, a Albina le castañeaban los dientes de miedo. Yo volteé a ver a la perra que no conocíamos, y le pregunté:

—¿Cómo te llamas?

—Mushka.

—Mucho gusto, Mushka. Ella es Albina y yo... no tengo nombre.

Este asunto me incomodaba, así que cambié rápidamente de tema.

—¿Tú crees que nos lleven a la perrera municipal?

—Sí, estoy segura. ¡Y yo que había descubierto un buen bistec en la basura! —lloriqueó Mushka.

—Miren, no quiero albergar falsas esperanzas, pero estos hombres no me parecieron malos. Nos metieron a la camioneta con mucho cuidado y uno de ellos hasta me acarició la cabeza —reflexioné.

—Nos tienen compasión porque vamos a morir —hipeó Mushka.

Parecía que nuestra compañera de viaje era de naturaleza pesimista.

Por su parte, Albina lloraba, ya no de miedo, sino de emoción.

—¡Qué valiente fue el Zar!, ¿verdad? —dijo.

—¿Qué tuvo de valiente, si nada más se acercó y no hizo nada? —sabía que mi comentario era bastante antipático, pero ya estaba cansada del meloso enamoramiento de mi amiga.

Ella me miró, dolida. Ahora, mis dos compañeras lloraban. Todo era muy extraño porque, en realidad, en lugar de miedo sentí, en la piel del lomo, la emoción de lo desconocido.

3

LAS PRUEBAS

La camioneta se detuvo bruscamente, después de unos 30 minutos de recorrido.

Las puertas traseras del vehículo se abrieron y la luz que entró como un salivazo hizo que nuestras pupilas se contrajeran. Apareció uno de los hombres quien, después de examinarnos detalladamente y susurrar un tranquilizador "ushh, ushh, ushh", nos guió a lo que sería nuestro nuevo hogar.

Se trataba de un edificio que ocupaba toda una manzana; era hermético y con muy pocas ventanas. Las paredes estaban recubiertas de lámina y rematadas con grandes clavos. Parecía una gran prisión.

"¿Una cárcel de perros? ¿O una de hombres?", me pregunté.

Agucé el oído, pero no detecté lamentos de ser humano ni de animal alguno. Alerté mi olfato y percibí el aroma ferroso de los lugares donde hay mucha maquinaria.

—Tengo miedo —ladró Mushka por enésima vez.

—Yo tengo hambre —agregó Albina.

"Y yo quiero saber qué hacemos aquí", pensé.

Pero todavía tendríamos que esperar mucho tiempo para recibir alguna respuesta. Uno de los hombres nos condujo por una pequeña puerta que tenía un grosor increíble, y que, a juzgar por los esfuerzos de nuestro captor para empujarla, pesaba muchísimo. La puerta daba a un patio bastante amplio, cuyo techo era un gran domo de plástico.

Otro hombre, mucho más alto y de barba rizada, trajo tres platos con abundantes porciones de carne que colocó en un extremo del patio, mientras nos miraba con orgullo y admiración, como si en lugar de tres perras callejeras, fuéramos tres maravillosas promesas.

—Algo me dice, camarada Georgi, que hicimos una buena elección —habló el barbado y sonrió, mostrando los dientes parejos que suelen tener los humanos. Después salió, cerrando la puerta.

Cuando nos dejaron solas, Mushka se abalanzó sobre la comida.

—¿No estará envenenada? —detuvo su hocico a escasos centímetros de la carne.

—No lo creo. Si quisieran acabar con nosotras, ya lo habrían hecho desde antes —la tranquilicé.

—Es verdad. Además, me muero de hambre —dijo Albina mientras se acercaba a uno de los platos y se ponía a mascar a dos carrillos.

Comimos y nos quedamos a esperar a que la puerta se abriera de nuevo. Después de mucho rato, entró un hombre.

—A ver... empecemos contigo —le dijo el compañero del barbado, a quien llamaban Dimitri, a Mushka, que otra vez se puso a temblar de pies a cabeza. El hombre tomó la correa y se la llevó a rastras.

Pasaban las horas y Mushka no regresaba. Escuchamos algunos perros ladrar a lo lejos. Albina se entusiasmó mucho cuando reconoció, entre el ramillete de aullidos, la voz inconfundible del Zar.

—¡Óyelo, óyelo! Viene a rescatarnos. Voy a ladrar lo más fuerte posible.

Ladridos. Más ladridos, fuertes y entusiastas.

—Dice que me ama y que me extraña.

—Pregúntale si sabe dónde estamos.

El Zar no lo sabía. De acuerdo con sus investigaciones, ningún perro había entrado antes a ese edificio. Los únicos animales que habían traspasado sus puertas eran una familia de ratones y un mono. Había obtenido esa información de un gato del rumbo que le debía algunos favores.

Mala señal. Y me dio peor espina cuando por fin se abrió la puerta y entraron Mushka y Dimitri. La perra estaba temblando. Él hizo algunas anotaciones en una tabla de registro que llevaba en la mano, le hizo un mimo en la frente y salió.

—¿Qué sucedió? ¡Cuéntanos!

Mushka se veía mal, y sus pupilas giraban enloquecidas.

—Quiero un poco de agua —alcanzó a farfullar.

Le acercamos un tazón con agua como de rayo. Sorbió un poco y nos miró lastimosamente.

—Fue horrible. Me llevaron al piso más alto del edificio en un elevador. Vi miles de oficinas con humanos observando unas enormes máquinas. Me trasladaron a una sala donde había una camita acolchada.

Me amarraron a ella con un cinturón muy ajustado. ¡No podía ni moverme!

—¿Cómo estabas? ¿Sentada o acostada o boca arriba? —pregunté, porque el relato de Mushka me confundía.

—Estaba sentada. Después cubrieron la camita con una especie de tapa metálica, como si fuera un ataúd.

—¿Y luego?

—Luego... nada. Me dejaron ahí durante muchísimas horas.

—¿Eso fue todo?

—¿Te parece poco? —gimoteó Mushka—.

Estuve toda la noche encerrada ahí dentro sin poder moverme ni ver ni oír nada.

Al poco rato, Dimitri volvió a entrar. Yo di algunos saltos y me arrimé a su pierna para tratar de ser la elegida, y aunque me miró con simpatía, se decidió por Albina:

—A ver, perrita blanca, es tu turno.

Mushka la miró con compasión. Albina todavía seguía hechizada por la declaración amorosa de Wolpi, así que se marchó sin oponer resistencia.

—¡Pobrecita! —musitó Mushka—. ¿Crees que regrese?

—Si tú regresaste, ¿por qué ella no? O... —se me ocurrió darle un giro a nuestra plática— quizá tú tengas buena suerte.

Las orejitas de Mushka se levantaron emocionadas y luego se destensaron, como si fueran un neumático ponchado.

—¿Que yo tengo buena suerte? No lo creo. Soy como tú: todos mis días son idénticos, sólo pienso en no ser atropellada por los autos y en conseguir un buen bocado. El único cambio en mi vida ha sido éste. Yo tendría buena suerte si pudiera salir de aquí.

Anochecía cuando Dimitri regresó con Albina, que se veía bastante contenta. Él consultó sus anotaciones y nos dejó con el hocico abierto cuando le dijo a Mushka:

—Tú, perrita temblorosa, has terminado las pruebas, y nosotros hemos finalizado contigo. Así que, desde ahora, eres libre. La tercera perra no empezará sus pruebas hasta mañana. Ha sido suficiente por hoy.

Mushka brincó de gusto y siguió a Dimitri. Antes de separarnos, se despidió:

—¡Amiga, tenías razón: soy una perra afortunada!

Una vez que Mushka se alejó, me dediqué a interrogar a Albina:

—Amiga, cuéntamelo todo. ¿Qué te hicieron? ¿Lo mismo que a Mushka?

—Sí, me metieron un rato en la misma camita.

—¿Y qué sentiste?

—Nada, porque me dormí, lo cual pareció disgustar a los humanos, que me sacaron de ahí y me llevaron a otro cuarto de paredes acolchadas. Los hombres se colocaron atrás de una pared de cristal para poder observarme y hacer anotaciones. Creo que era una especie de baño sauna, porque hacía muchísimo calor. Empecé a sudar y sudar. Seguramente hasta bajé unos kilitos. Al final, me dejaron salir y me ofrecieron una limonada un poco salada. En fin, no me la pasé tan mal. ¿No será que estamos en un club para perros?

—No, no lo creo. Pero aquí suceden cosas muy raras. ¿Por qué habrán dejado salir a Mushka? ¿Nos dejarán libres en algún momento? ¿Por qué sólo eligen perras? ¿Y por qué a nosotras tres?

—No lo sé. Son muchas preguntas. Yo sólo tengo una en mente: ¿crees que al Zar le guste como estoy, o crees que tenga que bajar otros kilitos?

—Esa pregunta es mucho más difícil de responder que todas las demás —resoplé.

4

La revelación

Al día siguiente, algo me decía que por fin llegaría mi turno, y así fue. Se abrió la puerta, pero no entró Dimitri, sino otro hombre. No fue necesario que él me hiciera ninguna señal: me paré de un salto y lo seguí con el corazón galopante.

Recorrimos un largo pasillo que conducía a un elevador. Él oprimió con decisión la flecha ascendente. Las puertas del elevador se abrieron como una gran mandíbula y mi acompañante me dejó pasar primero. Nos acomodamos y él marcó el piso siete. De los nervios, me dieron ganas de hacer pipí. Esperé a que las puertas se abrieran y, sin decir "¡agua va!", dejé un pequeño charquito en el primer lugar que encontré, es decir, en un portafolio apoyado contra la pared. El humano que me guiaba rio estrepitosamente.

—Nikolai, me temo que una buena llovizna refrescó tus papeles.

El tal Nikolai, un hombre bajito, de ojos muy grandes y de bigotillo tan breve que más bien parecía una pincelada negra abajo de dos redondas manchas, se acercó a revisar su goteado portafolio. Sacó algunos papeles que, al parecer, quedaron intactos. Se acercó a mí con el bigote tembloroso de risa. Colocó su mano en mi frente y me dijo:

—Pequeña traviesa. Ya aprenderás que todo tiene su lugar y su momento.

Pero, ¿por qué tenían que regular mis ganas de orinar? Había oído algo acerca de esa manía de los humanos por boca de otros animales domésticos: que si tienes que hacer pipí aquí, que si popó acá, y que si una andaba en celo, se armaba la de san Quintín. ¡Como si ellos no supieran de estas cosas y no las llevaran a cabo!

Sin embargo, debo reconocer que no recibí regaño alguno y sí muchas amabilidades. Me condujeron a través de una serie de cuartitos con personas que aporreaban máquinas de escribir hasta que llegamos a un cuarto de techo alto.

—¿La metemos de una vez a la cámara sorda? —le preguntaron a Nikolai Koutyrne, el hombrecito de bigote, quien resultó ser el jefe de todos.

—Sí, es la prueba más fácil. Todos los sujetos la han superado sin problemas —respondió su jefe.

Alerté mis sentidos al entrar al cuarto.

En medio estaba la famosa camita acolchada. Me introduje de un salto en ella. Dimitri me amarró con unas cintas de seguridad algo incómodas.

—Mira perrita, debes quedarte quieta muchas horas. Aquí hay dispensadores de agua y comida, para cuando tengas hambre y sed.

Yo ladré para hacerle saber que entendía las instrucciones.

—Esta perra es muy cooperadora.

—Sí, hasta se metió voluntariamente a la cápsula, no como el mono, que no dejó de retorcerse, ¿te acuerdas? No soportó ni una hora de experimentos.

—Fue buena idea cambiar a los sujetos por perros. Son más listos. Además, su nivel proteínico se parece más al de los seres humanos.

Dimitri cerró la cápsula a la que llamaban cámara sorda y a mí sólo me tocó esperar.

No sé cuánto tiempo estuve encerrada ahí dentro. Cuando tuve hambre, comí. Busqué el dispensador, que era una pequeña vasija plástica a la altura de mi cara. Para abrirlo, sólo le di un pequeño empujón con mi hocico. Adentro había carne seca deshidratada, pero de buen sabor. Beber agua resultó un poco más difícil. Había que tomarla de un dispositivo más complicado, y mi hocico y mi lengua, como los de todos los perros, son temblorosos e incontrolables. Sin embargo, lo logré.

Luego me puse a pensar que Albina y yo sólo sabíamos que formábamos parte de un experimento científico. No me gustaba mucho la idea de que me fueran a inyectar o a operar por el bien de la humanidad. Yo quería hacer algo por el bien de la animalidad.

Finalmente, después de mucho tiempo, la cubierta de la camita se levantó y apareció la cara de Dimitri. Estaba sonriente, pero concentrado en examinarme. Me tomó el pulso y escuchó mi corazón con el estetoscopio. Luego me ofreció una galleta de premio. Yo salí de la cabina algo entumida, pero ilesa.

—La primera prueba es una de las más fáciles, damita. Ahora vamos a asolearnos un poco.

Nos dirigimos a un piso superior del inmenso edificio. Me llevaron a otro cuarto vacío. Sin embargo, sentía como si mil ojos, escondidos en alguna parte, estuvieran observándome. Me imagino que empezaron a subir la temperatura del cuarto porque, de súbito, un calor infernal empezó a salir de las paredes.

Mi instinto me ordenó aplastarme contra el piso para evitar la sudoración.

Luego abrí el hocico y saqué la lengua para refrescarme. Así logré tolerar el calor por más tiempo.

Cuando salí, escuché que Dimitri comentaba con su compañero:

—Esta perra está obteniendo buenos resultados en todas las pruebas. Yo creo que tanto ella como la perra blanca son buenas candidatas a astronautas.

—Mañana haremos las pruebas de vibración y aceleración al otro sujeto. El universo está cada vez más cerca. ¿No es cierto? —remató Nikolai.

"¡Astronautas!", me dije, sorprendida. ¡Chispas! ¡Así que de eso se trataba el experimento! No podía creerlo. ¡Iban a mandar un perro al espacio!

5
El rescate

Cuando me regresaron al cuarto con Albina, le conté mi descubrimiento.

—¡Nos van a mandar al espacio! —exclamó Albina—. Y ¿para qué?

—No sé. Supongo que para demostrar la superioridad de los seres humanos sobre todas las especies.

—Oye, ¿y por qué no van ellos? ¿Por qué quieren mandar perros?

Entonces, la respuesta vino a mi mente:

—Ellos no son tan valientes. En el fondo, no son tan superiores como parecen. Les da miedo el infinito, el espacio, y, sobre todo, les da miedo no regresar.

—¿Qué quieres decir?

—Que temen morir.

Me gustaba que los humanos dependieran de nosotras para realizar la hazaña. Eso le daba a la aventura una dimensión menos humana y más universal.

—Oye, ¿y tú tienes ganas de ir al espacio? —le pregunté a Albina.

—Pues... no lo sé. Por un lado, en el espacio están las estrellas y, sobre todo, la luna, que, como a todos los perros, siempre me ha fascinado. Pero aquí, en la Tierra, están los buenos huesos con carne, el agua de las fuentes, los árboles y, lo más importante, aquí está el Zar. Y a ti ¿te gustaría ir al espacio?

Lo pensé por un momento. Nada me ataba a la Tierra: ni los atardeceres, ni el aroma de las hojas quemadas, ni el amor. En cambio, la luna me había arrojado un irresistible anzuelo de plata.

Durante estos días, Albina y yo mantuvimos comunicación con el mundo exterior gracias a que, todas las noches, el Zar se acercaba a nuestra ventana para darle a su amada las últimas noticias:

—La Husky intentó emprender otro de sus supuestos viajes. Sus amos se preocuparon muchísimo debido a su avanzada edad. Lo bueno es que pudieron encontrarla fácilmente siguiendo su rastro.

—¿Cuál rastro?

—El reguero de baba que dejó por el camino.

Risas.

—Bueno, pero no iba a platicarles eso. Quiero entrar adonde están ustedes para rescatarlas. Tengo un plan.

Albina y yo dejamos de jadear un momento para escuchar con atención.

—Localicé al mono que liberaron antes de que ustedes llegaran aquí. Vive en el zoológico moscovita, y me contó que, todas las semanas, llega una camioneta de lavandería para llevarse las prendas que usan los seres humanos. Mi idea es ocultarme entre las pilas de ropa limpia.

—Pero aquí hay dos problemas que resolver —dije yo—. El primero, ¿cómo vas a meterte al vehículo? Y el segundo, ¿cómo vas a lograr que no te descubran en el camino?

—Ya pensé en todo: con ayuda del perro Salchicha, que, como recordarán, es un buen excavador de hoyos, vamos a hacer grandes agujeros en el camino cercano al edificio. La camioneta tendrá que detenerse a tapar los huecos y luego proseguirá su marcha. Aprovecharé la distracción para abrir las puertas traseras, que no cierran con llave, y me meteré en ella. Sé que no me descubrirán, porque soy la única raza que no tiene olor. Una ventaja que la madre naturaleza otorgó a los Borzois para que a los lobos se les dificulte cazarnos. De esta forma no impregnaré la ropa con mi aroma, y los humanos tampoco percibirán mi presencia.

—¿Cómo llegarás hasta aquí? Y lo más importante, ¿cómo vamos a salir juntos?

—Ustedes me guiarán con sus ladridos. Ya ubiqué la ventana donde se encuentran. Están en el tercer piso, ¿cierto?

—Cierto.

—El regreso será un poco más complicado. El mono me sugirió que bajáramos por el árbol cuyas ramas están muy cerca de su ventana. ¡Ni que fuéramos gatos! Como no somos trepadores, pensé que lo mejor sería correr. Yo soy muy veloz y de gran altura, así que las dos pueden subirse a mi lomo.

"Este perro se cree caballo", pensé, dudando de la eficacia de su plan. Me sentí culpable por no compartir su entusiasmo, así que, para despistar, pregunté:

—¿Cuándo vas a intentarlo?

—Mañana mismo —respondió el Zar.

A la mañana siguiente, Albina y yo nos sentíamos muy nerviosas. El aire estaba cargado de chispas eléctricas que vaticinaban acontecimientos inesperados.

Mi amiga y yo completamos las pruebas matutinas con mucha distracción, hecho que fue registrado en los reportes científicos.

—¿No estarán en celo? —preguntó Dimitri.

Yo ladré enojada, porque ésa era la clásica explicación que los machos daban a cualquier comportamiento femenino que ellos no entendieran.

—Al parecer, te respondió que sí —se rio el hombre llamado Sergei Korolev.

Mejor me quedé callada.

Nos llevaron de vuelta a nuestro cuarto para comer y descansar. A pesar de los nervios que nos causaba la llegada del Zar, nos dispusimos a devorar la magnífica carne que siempre nos servían. Afuera no se oía el rumor de ningún auto.

Estábamos un poco adormecidas, concentradas en nuestra digestión, cuando los ladridos desesperados del Zar nos despertaron. Preguntaba dónde estábamos.

—¡Aquí! ¡Aquí! —ladró Albina.

Escuchamos el conocido trote de pisadas causadas por cuatro patas, pero también oímos los característicos pasos humanos, que seguían a las primeras. Estaban persiguiendo al Zar, y aunque era muy veloz, su desconocimiento del lugar lo ponía en desventaja. El Zar abrió nuestra puerta de un golpe. Albina y él se abrazaron. Claro que a ninguno de nosotros se nos ocurrió cerrar la puerta, y enseguida entraron los científicos atropelladamente.

—¡Ah, qué perro tan rápido! Por poco se nos escapa.

—Vino directamente hasta acá, como si buscara a nuestras damas.

—Oye, ¿y si aprovechamos su ingreso voluntario para someterlo a las pruebas? A lo mejor estamos ante un nuevo astronauta —sugirió Sergei.

—Mmm... definitivamente no, colega. Este perro es muy alto; pesaría demasiado y no se adaptaría bien a las dimensiones de la cápsula. Es mejor que lo guiemos a la salida.

Desde luego, Albina empezó a aullar y el Zar le hizo coro. Se llevaron al novio a rastras, y tuvieron que detener a Albina, pues quería irse con él. Yo lo sentí por ellos, pero no por mí. Una vez más, confirmaba mi deseo de viajar a la luna.

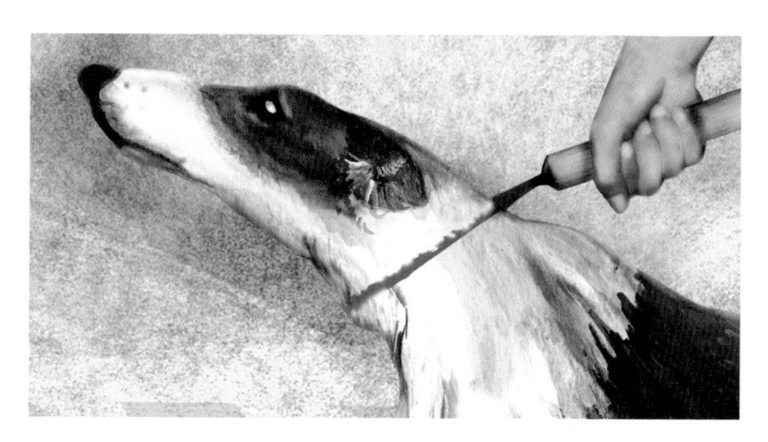

6

Un nuevo nombre

Después del rescate fracasado, Albina perdió la concentración y empezó a fallar en el entrenamiento. En cambio yo, sin ninguna distracción en mi mente, seguí esforzándome por entender y obedecer las instrucciones que me daban los humanos.

Además de aguantar las pruebas de aceleración, las de tolerancia a la radiación solar y las de gravedad, pude mantenerme inmóvil en espacios cada vez más reducidos durante mayores lapsos de tiempo.

Una mañana, Dimitri me llevó a un piso que no habíamos visitado. Las puertas que aparecieron frente a nosotros decían

"Sala de entorno". Dimitri tecleó unos números sobre una placa. Pasamos a una pequeña plataforma. Tres escalones bajaban al piso principal, cuyas paredes estaban recubiertas de todo tipo de pantallas y cintas magnéticas en loco movimiento. Una de las paredes de la nueva sala era de cristal. Me hicieron entrar en una cabina y me acostaron sobre una plancha. Luego me sujetaron con varias cintas y me pusieron unos cables en el pecho. Las pantallas se llenaron de luces parpadeantes.

—Esto que ves acá —me explicó Dimitri, señalando una de las pantallas—, son los latidos de tu corazón, perrita.

—Bien, vamos a comenzar las pruebas de presión, aceleración y despresurización —dijo Sergei Korolev.

De pronto, la cabina donde me encontraba empezó a vibrar y a estremecerse. La respiración se me entrecortaba y sentía que una mano invisible me oprimía la cabeza. Eran sensaciones extrañas, pero no insoportables. Sentía como si me hubiera subido a una rueda de la fortuna mientras alguien me sacudía el esternón simultáneamente.

—Este sujeto está tolerando muy bien las pruebas, Sergei —dijo Nikolai—. A menos que ustedes opinen lo contrario, ya no queda duda. Los resultados iniciales de la perrita blanca la siguen manteniendo como candidata, pero ya no es la primera opción. Enviaremos a esta perrita al espacio. Viajará en el *Sputnik II* la primera semana de noviembre.

—¡Guauuu! —alcancé a ladrar cuando comprendí el sentido de sus palabras.

Los tres hombres se rieron.

—Por cierto, ¿cómo se llama este cachorro? —preguntó Nikolai.

—Mmm... me parece que aún no tiene nombre —respondió Sergei.

Yo me puse a ladrar desde mi camita, pues cada vez que alguien me recordaba mi anónima identidad me entristecía.

—¡Ya sé! —exclamó Dimitri—. Le pondremos Laika, o sea, "ladradora".

Ambos abrieron la puerta de cristal, me desamarraron y me acariciaron, mientras me decían:

—Muchas felicidades, Laika.

Ladré aún más emocionada. ¡Ya tenía nombre! ¡Y me gustaba! Ahora, gracias a la luna, ya no era una perra callejera anónima: tenía un nombre y una gran aventura por vivir.

Cuando regresé al patio, le conté a Albina que muy pronto se llevaría a cabo la misión y que, al parecer, yo era la elegida.

—Eso significa que me dejarán salir en esas fechas, a menos que... ¿Tú crees que me sacrifiquen?

—Ya estás como Mushka —respondí enérgicamente—. Si dejaron salir al mono, no veo por qué quieran dejarte aquí. ¿En serio no te importa no participar en esta aventura?

—Mira, suena fantástico, pero desde que conocí al Zar, algo cambió. Mi época de celo está por venir y quiero formar una familia. Es lo que me dicta el instinto. ¿A ti no te habla tu propio instinto?

—Pues, ahora que lo dices, mi instinto me está dando otra orden: ir a la luna.

—Es que a lo mejor el que habla no es tu instinto, sino tu corazón.

—Y en tu caso, ¿no es también el corazón el que te habla?

Nos quedamos en silencio. No supimos qué responder. Pero ambas estábamos satisfechas de nuestras decisiones.

7

La partida

Llegó el gran día. Me levanté más temprano que de costumbre. Cuando me asomé por la ventanita, aunque ya estaba amaneciendo, todavía alcancé a distinguir la luna un poco pálida en el cielo mañanero, tan madrugadora y expectante como yo misma. Sin querer, desperté a Albina con mis ruidos. Se acercó adonde yo estaba y también observó el cielo. Puso su pata sobre la mía y me deseó suerte.

Sergei, Nikolai, Dimitri y Georgi vinieron a recogerme. Esta vez nos dirigimos al nivel E4, en donde nunca había estado. Cuando se abrieron las puertas del elevador, un gigantesco garaje se reveló ante mis ojos. Ahí, reposando inmóvil, como si fuera un inmenso insecto, se encontraba la nave espacial llamada *Sputnik II*, en la cual haría mi viaje.

El *Sputnik II* era una cápsula del tamaño de tres perreras. La compuerta estaba abierta y el asiento del tripulante se veía cómodo, aunque reducido. Se parecía mucho a la camita acolchada donde había hecho mis primeras pruebas. Yo ya estaba dispuesta a meterme de un salto, pero Sergei me lo impidió:

—No tan rápido, Laika. Primero necesitamos prepararte.

Me trasladaron a un cuartito ubicado junto al garaje. En una tina metálica, me bañaron escrupulosamente con alcohol. Después me cepillaron el pelo. Una mujer, a quien nunca antes había visto, pintó mi pecho con unas motas de algodón impregnadas de yodo.

—Colóquenle los electrodos en el corazón.

—Confirmar monitoreo.

—Confirmado.

—Temperatura de la nave.

—La temperatura es de16 grados.

—Revisión del ventilador interno y del sistema de absorción del anhídrido carbónico.

—Revisado.

—¿Dispositivos de alimentación?

—En orden.

—Bueno, pues ya estamos listos. Muy bien, pequeña amiga, salúdanos a las estrellas —me pidió Nikolai con toda seriedad.

Había llegado el momento.

Moví la cola, entusiasmada. Entré en la cápsula y me amarraron con un arnés. La puerta de la nave chasqueó al cerrarse, y los sonidos del exterior se quedaron afuera.

Una escotilla panorámica me servía de mirador. Gracias al entrenamiento, todo me resultaba de algún modo familiar, con excepción del olor a plástico y a nuevo, que me desagradó profundamente.

El *Sputnik II* se trasladó con lentitud al exterior del edificio por una gran puerta eléctrica, que se abrió automáticamente.

Después, se dirigió hacia una rampa.

—Empieza el conteo: diez...

"Adiós, Albina".

—Nueve...

"Espero que muy pronto te reencuentres con el Zar".

—Ocho...

"Después me contarás qué se siente tener cachorros".

—Siete...

"Adiós, calles de Moscú".

—Seis...

"Hubo muchos huesos que no me comí...".

—Cinco...

"... y muchas peleas que logré evadir".

—Cuatro...

"Adiós a los rencores contra la French, que, en realidad, nunca tuvieron una razón de ser".

—Tres...

"Adiós a la familia que no conocí...".

—Dos...

"... y a las siestas bajo el sol".

—Uno... ¡Despegue!

"¡Adiós, planeta Tierra!".

Un ruido ensordecedor lastimó mis oídos. La cápsula salió impulsada como un chisguete de orina en la fuente transparente de la atmósfera, pero a una velocidad supersónica, que ni un millón de perros Borzoi hubieran podido igualar.

El mundo se aplastó bajo mi mirada y el cielo se convirtió en un remolino en el que me sumergía como si fuera agua. El aire me comprimió como un puño y, por un momento, me arrepentí de haber aceptado esa loca misión. Pero después de unos minutos, esta sensación desapareció. Los latidos de mi corazón se estabilizaron y la presión sobre mi cabeza disminuyó. Poco a poco, caí en la cuenta de lo que ocurría. La emoción volvió a ocupar el lugar del miedo, y ladré de alegría: estaba camino a la luna.

En la Tierra, a millones de kilómetros de distancia, Albina también ladraba de alegría: lamía a sus ocho cachorros. Cada una de nosotras había logrado lo que quería.

La nave en la que viajó Laika logró dar 2 570 vueltas alrededor de la Tierra. Sin embargo, el programa espacial soviético no había contemplado cómo resolver su regreso. El 4 de abril de 1958, cuando la nave entró en contacto con la atmósfera terrestre, se desintegró. Después de este viaje, ninguna otra misión tripulada por perros fue lanzada sin tener un sistema para el retorno seguro del animal.

Los perros fueron los mejores astronautas. Se intentaron algunas pruebas con monos, pero debido a su naturaleza nerviosa, no toleraron el espacio cerrado del simulador espacial ni lograron mantenerse quietos por largos periodos de tiempo.

En años siguientes, otros perros astronautas completarían misiones espaciales: Belka y Strelka, Chernushka y Zvezdochka y, por último, en 1966, Verterok y Ugolyok. Toda una banda de canes verían con sus propios ojos el reflejo de las estrellas en sus daltónicas pupilas. Quizá sea por esto que los perros siempre le ladran a la luna, saludando a sus héroes y heroínas de cuatro patas.

Para conmemorar este primer vuelo, varios países crearon timbres postales con la imagen de Laika.

En 1997, se construyó, en la Ciudad de las Estrellas, un monumento para recordar a los héroes de la astronáutica rusa. En una de las escenas del monumento se ve a Laika, que espía por entre las piernas de uno de los cosmonautas.

Impreso en los talleres de
Editorial Impresora Apolo, S.A. de C.V.,
Centeno 150, local 6, Col. Granjas Esmeralda,
México, Distrito Federal.
Marzo de 2008.